Les gens qui sourient
ne dansent pas tous les jours…

Les impliqués
Éditeur

Fondée en 2014, notre maison d'édition se consacre à la publication d'ouvrages relevant de divers domaines : littérature, récits personnels, premiers romans et nouvelles, essais en sciences humaines, religion, économie, etc.

Les impliqués ont pour vocation de publier, après sélection, les manuscrits qui leur sont confiés. Ils proposent ainsi aux auteurs de faire de leur projet d'écriture une réalité et d'éditer, après une réelle collaboration avec eux, leur ouvrage issu de leurs souvenirs, de leur imagination, de leurs rêves, de leur recherche ou encore de leur travail.

Joëlle Kalfon

Les gens qui sourient ne dansent pas tous les jours…

Chroniques terriennes

Du même auteur :

Le jour se lève et la nuit est toujours là…,
Les impliqués Éditeur, 2022.

5-7, rue de l'École-Polytechnique – 75005 Paris
www.lesimpliques.fr
contact@lesimpliques.fr
ISBN : 979-10-428-0239-4
EAN : 9791042802394
Pour l'envoi de vos manuscrits : voir à la fin de cet ouvrage

A vous mes amis, vous vous reconnaitrez

A vous mes ennemis, vous m'oublierez

A la vie plus forte que tout et à la famille celle qu'il me reste

A la passion pour les mots qui me le rendent bien

A ceux que j'ai aimés tellement fort que je les aime encore

A toi, mon prochain amour, je t'attends…

Intention(s)

Pourquoi un deuxième opus après « le jour se lève » ? Parce que vous l'avez apprécié comme je n'aurais jamais osé l'espérer. Parce que vos commentaires ont tous pris le chemin de votre propre histoire à travers la mienne. Vous m'avez comprise et ça n'a pas de prix. Pourquoi se raconter et tordre le cou à sa pudeur et dévaler les pistes noires de son existence ? Pour éclairer les autres de ses noirceurs passées qui ne sont pas invincibles et rechercher quoi qu'il en coûte, un puits de lumière même au fond du trou. Mon écriture est cathartique. Et j'ai perçu qu'elle l'était aussi pour vous mes chers lecteurs. Parce que la vie n'est pas un long fleuve tranquille mais une rivière sans retour. Parce que à mal nommer les maux, on se fait mal. Parce que le temps est compté et que nous sommes comptables de ce que nous en faisons.

Pour mon premier roman, c'est à travers l'autofiction que je me suis exprimée et alors que j'étais en pleine période décès, des salves de reconnaissance m'ont portée aux nues. Ce strip-tease moral a redonné du corps et de la chair à ceux qui n'en avaient plus. Mes chers disparus ont acquis ainsi une certaine éternité et ils me tiennent chaud l'hiver. Pour ce deuxième tome, c'est une suite pas royale mais une fuite en arrière, un rewind mais pas que, des chroniques d'une terrienne en détresse mais pas que. L'humour comme un kit de survie brandi à travers des maux, du mal d'aimer au mal des autres en passant par le mal de vivre, le mal est fait et c'est un mal pour un bien. Parfois cet adage s'ancre dans ma réalité.

Je n'ai qu'une philosophie « sourire puisque c'est grave » et parcourir ma route à travers le parcours d'une combattante résiliente. Je sais que la rancœur est la pire des conseillères et que la personne à laquelle, je me dois de tout lui pardonner, c'est avant tout moi-même. Je vous invite à un voyage au bout de mes nuits qui étaient parfois plus belles que mes jours. No body is perfect, alors acceptez ce partage, c'est un don du sens qui coule dans mes veines, une ode émotionnelle à l'usage de ceux qui voudront bien la saisir et un constat que « rien ne vaut la vie » même si la mort est en permanence devant soi. C'est une bouteille jetée à ma mère qui n'aura jamais connu l'adulte que je suis devenue et des mots dits à ceux qui m'entendent peut-être mais ne peuvent plus me répondre. Ce sont aussi des réflexions sans aucune autre prétention que de les rendre bien moins personnelles que collectives. En ces temps où l'essentialisme a remplacé l'existentialisme et alors que l'on se revendique de dieu pour incarner le diable. Je vous adresse mes plus sincères pensées, elles ne sont pas pascaliennes mais ce sont celles d'un électron libre et non encore entravé par des préceptes qui imposent à de plus en plus de femmes de marcher dans l'ombre des hommes.

« Les gens qui sourient ne dansent pas tous les jours » un message adressé à ceux qui pleurent la bouche pleine…

Soyez les bienvenus chez moi et que la fête recommence…Vite…

Le mal d'aimer

« Parce que c'était lui et parce que c'était moi » Montaigne l'a dit avant moi et parce que mon amour n'est plus là désormais, il y a des jours et des lunes que le sens de la vie a arrêté de couler dans mes veines et mes vaisseaux devenus fantômes n'irriguent plus mes désirs.

Lorsque je me réfléchis dans le miroir, j'ai l'amère impression de n'être plus la personne que j'étais, je me regarde et je ne me reconnais plus. Je ne suis plus qu'une ombre, l'incarnation d'un succédané de moi-même. Autour de moi je les vois s'agiter, ils savent où ils vont et vers qui ils vont.

J'ignore qui je suis et quelle est la date de péremption de mon chagrin causé par ce deuil impossible qui me submerge sous les eaux usées de ma souffrance sans m'accorder le moindre répit. Accablée et non reliée aux autres, ensevelie sous des tonnes de doutes et presque certaine que plus grand-chose de bien ne m'attend, j'ai les « riens » solides et l'appel du vide qui tient au corps. Je compte mes likes, je compte mes pas et je compte mes sous mais je compte pour qui ? Même plus pour moi - même. « Dis quand reviendras-tu ? Dis au moins le sais-tu ? » A cette incantation pas de réponse possible puisque ce message s'adresse à quelqu'un qui ne fait plus partie de ce monde, il est mort, mon double, ma moitié, il est mort mon soleil du levant.

Disparu, il a disparu, il s'est éteint, lui qui a su si bien éclairer mon chemin, lui mon être préféré est devenu le néant et il a rejoint son éternité. Désormais, on ne nous verra plus ensemble, désormais, il n'apparait plus que dans mes rêves lors de nuits agitées, il se faufile le jour à travers mes pensées divagantes.

Ses cendres reposent sous un arbre et face à sa dépouille post mortem assise sur un banc, je contemple cette merveille de la nature qui se nourrit de ce qu'il reste de lui. Je me mets au ban de la société des vivants pour me situer au plus près de celui que j'aime au-delà de l'au-delà.

Sa mère lui a donné la vie mais finalement personne ne donne la vie à personne, on nous la prête le temps d'un passage plus ou moins long, plus ou moins beau, plus ou moins riche, plus ou moins, en somme. Uniquement locataire d'un corps qui vibre selon les lois de la gravité, des douleurs aiguës entravent ma respiration, le souffle court, le geste nerveux et le sourire crispé, j'entame ma descente et alors que mes oreilles se bouchent comme lors d'un atterrissage forcé, mon sort semble scellé, l'espoir a changé de camp. Née de mère morte et de père si peu connu, j'ai le mal de lui du coup, j'ai le mal de moi, lui, le plus beau de tous mes mâles entendus, mon mâle nécessaire, mon « mâle » aimé, dire que j'adorais le prendre en patience et maintenant que vais-je faire, que sera ma vie sans lui ? Le brouillon de ce qu'elle a été, la sombre copie d'un passé trépassé… Qu'est-ce que j'en sais et surtout qu'y puis-je ? Je broie du morose sans le vouloir et ma prose s'habille de noir comme les veuves d'antan. Nous n'irons plus au bois, nous n'irons plus nulle part et j'attends impatiemment d'être délivrée de cette douleur bien trop lourde à soulever. Me donner la mort, ça je le peux puisque la vie m'a été prêtée, mais il y a des actes qu'on réprime par conviction, qui relève de l'éthique, cela dit, le manque de lui est incurable et il n'existe aucun vaccin pour éviter les formes graves face à cette perte colossale qui se nourrit de ma chair et me dévore et me consume à l'instar des terres dévastées par les flammes de la Californie ou du Var.

Et pourtant, je ne veux plus m'accorder le droit de me plaindre, de perfuser mes états d'âme au petit lait de l'amertume, j'ai reconnu l'amour et je n'ai pas craint de le vivre. J'ai posé un pied à Sydney et j'ai déposé mon cœur dans le sien. Je refuse de me baigner dans une rivière qui prend sa source dans une nostalgie régressive et paralysante. Je dois faire ce pas vers les autres pour que je redevienne une autre sans mon autre. L'autre sublimé ne me déçoit plus jamais, il est conservé dans le formol de souvenirs enjolivés à cause de cela, je quitte de plus en plus le principe de réalité pour rejoindre un temps qui ne se conjugue plus qu'à l'imparfait et qu'on rend parfait car figé à jamais dans un moment sans rappel possible. Je croyais en le rencontrant qu'il appartenait à la catégorie des hommes qui vont tout vous prendre et c'est tout le contraire qui s'est produit, il m'a tout donné et même à titre posthume puisqu'il m'a permis de fabriquer mes plus chouettes souvenirs. Aujourd'hui ressemble à un présent dépossédé de sa présence et comme un no futur qui s'inscrit en lettres majuscules au fronton de cette vie toute en minuscules au ras des pâquerettes bien loin des marguerites qu'on prenait tant de plaisir à effeuiller ensemble. Notre histoire est née d'un songe d'une nuit d'été et comment comprendre, pourquoi deux êtres vont recoller les morceaux d'un puzzle dispersés sur cette planète et finir par poser le sac l'un chez l'autre et à savourer le plaisir d'être l'un dans l'autre et finir par croire que l'un est l'autre. C'est la magie de l'enfance qui renait tout à coup, l'abolition de la solitude, c'est l'innocence retrouvée, c'est l'existence du père Noël qui n'est cette fois-ci pas imaginaire, c'est l'amour qui nous fait voir la vie en rose. Menacés de crétinisme, on est heureux de vivre idiots car mourir sans avoir pu éprouver la joie d'aimer est une tragédie sans Shakespeare, un jour sans aurore, un roi sans couronne, un peintre sans toile et un pain sans croute… Certains matins, j'ai les yeux humides d'avoir pleuré durant mon sommeil, des larmes de tristesse enfouies dans les champs du conscient et qui sortent de leur cachette pour me rappeler à l'ordre et me permettre de soulager ma peine dans le silence de la nuit. Cet été lors de ce voyage en solitaire, alors que je suis restée là où l'on s'est tant aimés, là où le bonheur a élu domicile, là où il n'est plus et en même temps tellement là, je me promène dans cette errance et je me trouve démunie de l'avoir perdu mais si reconnaissante d'avoir été aimée par lui. Des bouffées délirantes m'envahissent et j'ai envie de lui raconter celle que je suis devenue sans lui à mes côtés. Une femme au bord de la crise de nerfs qui cherche sa route et qui convoque sa chance malheureusement sans succès. Il y a le temps qui lasse et hélas, plus d'après à Saint Germain des Prés et même à Passy sur Seine, le repaire de notre comédie romantique qui se jouait à ciel ouvert et pas dans les salles obscures de la capitale. Comme en sursis, du conte de fées qui nous a unis par les liens du mariage au compte de faits qui nous a séparés pour toujours, mon identité vacille, et j'implore les dieux pour qu'ils me fassent signe et m'évitent ce naufrage sans canot de sauvetage... Lorsque de battre son cœur s'est arrêté, il a fallu puiser dans mes réserves vitales pour franchir le seuil de la porte des pompes funèbres, organiser ses obsèques, la laide affaire, un passage obligé dont je me serais bien dispensée. Il me fallait mettre du panache lors de cette célébration comme il en a toujours inspiré aux autres et à moi en particulier. Et de la sobriété aussi, ce qui ne le caractérisait guère, il adorait les veillées irlandaises où l'on se saoule la gueule à côté de la dépouille des défunts pour conjurer son désespoir dans l'euphorie et l'ivresse. Se rendre dans ce bureau revêche et choisir un cercueil, une tenue et fournir les bons ausweis pour pouvoir obtenir le bon tampon pour l'inhumation. Une fois que les passeports administratifs sont cochés dans les bonnes cases, tout semble concret et pourtant rien ne l'est vraiment car je suis en train de clôturer le compte de la personne la plus importante de mon existence et je pense égoïstement qu'il a eu tort, atrocement tort de m'avoir laissée en rade, lui qui gît dans une chambre froide en attendant sa crémation. Une étape difficile et cruelle dont je finis de régler les menus détails auprès d'un employé qui surjoue la compassion et qui m'apparait être un débutant de la première heure. La sortie de route définitive, irréversible de mon amour est entre mes mains et j'effectue en pilotage automatique toutes ces démarches pour le perdre à jamais, pour le réduire en cendres, pour le vêtir dans un linceul comme dans la tradition juive, lui l'auvergnat si persuadé de faire partie de cette tribu des élus, lui le cantor qui a exaucé toutes mes prières va partir sans accompagnement religieux mais avec toute la ferveur amicale qu'il a suscitée auprès de tous ceux qu'il a croisés sur sa route des deux côtés de l'hémisphère. Je n'ai jamais pris ma vie au sérieux mais au tragique, sans doute est-ce la clé de mon karma, l'euréka de ma personnalité ? A la fois dirigiste et fataliste, mon ami Damoclès n'a eu de cesse de poser son épée au-dessus de ma tête et à chaque fois de me donner le coup de disgrâce pour m'accabler un peu plus davantage. Philippe, je lui ai laissé sa liberté de panser ses plaies comme il avait choisi de le faire, je l'ai laissé ronger par les verres de whisky qu'il a bus sans modération… Et notre amour n'a pas réussi à le guérir de son alcoolisme. Comme sa fin fut douloureuse et c'est à cause de ce pancréas dévoré par le crabe qu'il a rendu son âme au diable qui l'a emmené nulle part dans un ailleurs d'où l'on ne revient pas. Toutes ces idées noires remontent à la surface et au terme de cette agonie meurtrière, j'en ressors lessivée, désabusée et dévastée.

Rendez-vous au Père Lachaise, un matin de novembre au sein du club très fermé des allongés, pour accompagner sa sortie, j'ai choisi des musiques qu'il écoutait avec une dévotion jamais feinte, des photos de lui, de nous avec des sourires de vainqueurs, lui habillé tout en couleur en plein cœur de la sérénissime, son lieu, son ile qu'il a su me faire aduler presque autant que lui et des chansons qu'il vénérait, Robert of course, Wyatt, bien sûr. Trois voix ont essayé de se faire entendre pour retracer son parcours, trois amies ont pris la parole pour lui dire adieu, et ce partage l'a rendu un peu moins mort le temps que dure la cérémonie. Que de mots prononcés avec tendresse et sans pathos, que de larmes répandues aussitôt séchées par la pudeur des sentiments qui cadenassent notre émotion. Et moi, complètement absente, déjà couchée dans ce cercueil à une place à ses côtés pour ne pas le quitter, pour ne pas le laisser seul, mourir avec lui pour ne pas vivre sans lui. La tentation de ne plus en être traverse mes pensées, la fête continuera sans nous, et je pressens que le monde s'écroule sous mes pieds même si je ne m'écroulerai pas car il détestait me voir tomber dans les pommes même si en l'occurrence ce sont des pommes d'amour dont il s'agit. Quelques membres de la famille sont venus mais ils ne sont pas tous là, notamment la mamma qui s'est abstenue de faire le déplacement pour témoigner à son fils, la tendresse qu'une mère est censée apporter à sa progéniture. Cette femme n'aurait jamais dû se reproduire, elle n'a su être que la fille de sa mère et en aucun cas, la mère de ses enfants. Sa sœur et ses neveux, une partie des miens et ma grande sœur, mon frère ainsi que leurs conjointes, ma cousine, la seule que je fréquente et puis, la famille que j'ai choisie, la tribu de ceux qui se sont relayés pour que je me sente moins seule devant l'adversité des évènements si retors. Je suis toute de vert vêtue jusqu'à mes bottines Clergerie offertes par mon cher et tendre qui me rendent moins faible et me permettent de me tenir droite sur mes jambes, du moins, je veux en avoir l'illusion. Le soleil illumine cette journée d'automne et je ne réalise pas que le cauchemar commence et que j'entame un nouveau chapitre qui à l'instar du covid va me faire perdre le goût et l'odorat… Je ne sens plus rien ou alors rien de bon et le vent mauvais dans le dos, je fonce droit dans le mur, un mur porteur d'un amour perdu qui risque de durer toute ma vie.

Le Mal de mère

« Les fils ne savent pas que leurs mères sont mortelles » je rassure Albert Cohen, les filles ne le savent pas non plus et d'ailleurs, ma mère, si elle voyait ma vie, est-ce qu'elle serait fière de moi ? Peu importe la réponse puisqu'elle n'arrivera jamais jusqu'à moi. En tout cas, je suis fière d'être le fruit de ma mère, son ADN résonne en moi et elle est l'origine du monde, l'origine de mon monde. Parfois je m'imagine dans son ventre, plongée dans ce noir profond, hors de ma vue et en apesanteur uniquement dérangée par les mouvements de celle qui me porte, en symbiose parfaite avec elle. De cette existence ultra utérine, on ne se souvient de rien mais le corps lui, se souvient de tout. Enfermée involontaire, des instances étrangères ont pris la décision de me faire venir ici-bas sans me demander mon avis.et nous sommes nombreux à ressentir cette mise sur terre qui nous mènera inéluctablement à une mise en terre comme un drame existentiel et un outrage suprême à notre libre arbitre. Naitre ou ne pas naitre ? That is the question ! je n'ai pas eu le choix.

Malheureusement, celle dont je suis la fille a quitté le plancher des vaches, il y a bien longtemps. Elle m'a laissée face à mon destin, obligée de jouer ma partition à une seule main en éprouvant le manque cruel de son absence à mes côtés pour me faire traverser la route. Je l'adorais cette femme, j'aurais tellement voulu la garder près de moi pour bénéficier de cet amour unique et inconditionnel qui à jamais me fera défaut. Du coup, élevée selon les lois de la méritocratie, j'ai fait en sorte de toujours devoir mériter la tendresse que l'on me portait, esclave de mes propres chimères, j'ai cherché constamment l'affection des autres tout en voulant davantage être admirée qu'être aimée. Ma mère, je n'ai jamais voulu lui ressembler, elle n'a jamais été un modèle, une référence, elle était mon évidence. Je ne pouvais imaginer de passer un jour ou une nuit loin d'elle. Comme mon père avait trouvé la mort alors qu'il ne la cherchait pas, Esther, ma mère s'est retrouvée quant à elle, avec quatre enfants à charge alors qu'elle ne travaillait pas. Du coup, moi la petite dernière, je suis devenue à la fois sa poupée et son boulet ; nous étions tellement différentes et si proches. Je suis une survivante et nous ne sommes pas à « larmes » égales face au chagrin. Mon éducation s'est faite sur les chapeaux de roue, un contre la montre qu'on a perdu, le temps nous était compté et je le savais sans le savoir, et j'en avais peur sans rien y pouvoir. Lorsqu'elle s'est éteinte, je me suis rendue coupable d'une mort dont je n'étais pas responsable, j'ai cru que c'était de ma faute, ma naissance tardive, mon comportement de petite fille avec un caractère difficile et pas très conciliant. Je me suis accusée d'un crime que je n'avais pas commis et je me suis infligé une double peine. A sa mort, ma punition s'est exprimée à travers une anorexie contingente et non mentale, je n'ai pas cessé de m'alimenter mais je mangeais à chaque jour la même quantité de nourriture et les mêmes ingrédients, un rituel qui va durer trois ans sans le moindre écart. Quelle jouissance d'être fine, de toucher ses os avec un plaisir vaniteux, se regarder dans le miroir avec tellement de satisfaction, être comme on a toujours voulu être, légère comme une brindille sans doute pour contrecarrer une vie si lourde et des souffrances qui pèsent trente tonnes. L'anorexique ne veut pas forcément mourir, elle veut tout simplement susciter le respect, autant on méprise les obèses, mous et flasques, autant la maigreur est saluée comme une performance, le symptôme d'une volonté irréprochable, la volonté n'a rien à voir avec ça. Ceux qui rationnent leurs repas sont sous emprise, l'emprise de leurs tourments névrotiques. C'est ainsi que le corps est perpétuellement sollicité et en action, on fait preuve d'une maniaquerie obsessionnelle et compulsive, on a un besoin irrépressible de propreté et de rangement et un appétit insatiable pour engloutir des connaissances en dévorant des livres comme d'autres dévorent des pots de Nutella.

Et puis, la féminité prend le dessus, quand ses cheveux chutent par poignées et que ses dents se déchaussent et que trop de règles tuent celles inhérentes à sa physiologie, la prise de conscience d'être en danger fait s'activer le plan alerte disparition et fait le poids sur la balance et comme un printemps qui revient avec ses promesses de renaissance, les envies se bousculent à nouveau en vous et là c'est une explosion de joie qui enflamme vos journées. Se laisser vivre dans la peau d'une rescapée des camps de la mort de sa mère, ça conduit à se laisser mourir de mort lente mais c'est mourir assurément. La mère nourricière, la mienne l'a été à mon égard, une véritable louve qui me sustentait de son lait qu'elle qualifiait de première qualité. Des bouches à nourrir en son sein elle a pu le faire pour chacun de ses enfants et nous avons tous été des gros bébés bien joufflus. Aujourd'hui, nous éprouvons tous un rejet maladif voire pathologique pour les formes et les rondeurs. Alors suite à ma diète inconsciemment subie, la tendance s'est inversée et les démons de la grande bouffe sont venus me chatouiller les esprits et cette débauche calorique m'a métamorphosée en Gargantua, j'avais une faim incontrôlable, il me fallait des doses de plus en plus importantes de nourriture et c'est la nuit que je dévalisais le frigo et le garde-manger. Tout y passait, des tablettes de chocolat blanc aux raviolis industriels à la sauce tomate en passant par des litres de crème glacée ou des gâteaux apéritifs tous plus « dégueu » les uns que les autres. Très vite, je suis devenue une obèse pachydermique portant des robes de femmes enceintes pour cacher des bourrelets disgracieux. Je fuyais les miroirs qui devenaient mes pires ennemis, le reflet de ma déchéance physique, le témoin accablant de ma dérive, la preuve par l'image que j'étais déformée, laide et forcément plus côtée du tout sur le marché de la séduction, rien de mieux pour faire fuir le regard des hommes. Et puis, cette vie de droguée et d'accro à cette substance en vente légale dans tous les supermarchés de France marginalise mais ne pénalise pas, on ne m'a pas mise en prison parce que je mangeais trop. Il est plus aisé d'acheter des pâtes que de la cocaïne. Ces dérives sont légales et c'est bien là, le problème. De ces années de boulimique pathologique qui ne se fait pas vomir et qui garde tout pour elle, je conserve le souvenir de ces boites d'emballage dont j'avais pillé tout ce qu'elles contenaient en léchant goulument, la moindre parcelle d'aliments et ces camemberts trop faits et puants que j'avalais en deux minutes chrono et ce malaise ressenti en permanence dès que je croisais la pitié dans les yeux de mes dealers, ceux qui remplissaient les placards et qui souffraient sans le dire de me voir me transformer en monstre qui ne sait plus que charger la mule qu'elle est devenue bien malgré elle. De coups de blues en coups de canif dans le contrat de confiance, je n'honore aucune des bonnes résolutions que je prends le jour et qui sont systématiquement démenties toutes les nuits. Le sommeil ne vient pas et juste après avoir écouté la prêtresse des paumés, Macha Béranger sur Inter, je me rue dans la cuisine lorsque tout le monde dort et transformée en petite souris, je vais me gaver de tout ce qui va me tomber sous la main. C'est une attitude frénétique, irrationnelle comme une expédition punitive. Impossible de pouvoir changer le cours des choses, je suis prisonnière de ma folie et cette spirale me mène à ma perte. Je me suis repliée sur moi-même, mutique dans ma souffrance et dépassée par ce trouble du comportement que je ne comprends pas vraiment, je rajoute de la peine à la peine, ma grande spécialité et je nourris mon désespoir pour qu'il se porte bien. Je ravitaille sans cesse mon mal être pour que jamais il ne s'arrête. La mort étant définitive et irréversible, on veut que son chagrin le soit aussi. Sur les couronnes mortuaires, on appose la mention regrets éternels mais quelle formule lourde de conséquences et que j'ai fait la bêtise de respecter à la lettre pour mon plus grand malheur. Au bout de ce tunnel, puisque bout du tunnel, il y eût, la lumière est venue d'une source inattendue, mon oncle, mon tuteur légal, mon tonton Simon a obtenu les coordonnées d'un médecin susceptible de faire des miracles. J'ai pu grâce à un traitement de choc qui règle les effets et non la cause me délester de trente kilos en deux mois, un exploit qui aurait pu me coûter la vie et qui m'a permis de redevenir un être social qui n'avait plus peur et ne rasait plus les murs de la ville, la tête basse et le cœur aussi lourd que son corps informe. Et puis la cigarette a remplacé la malbouffe et s'est insinuée dans mon quotidien du lever du jour jusqu'au coucher du soleil, elle est devenue une compagne, une parade, une constance, un sésame pour rentrer dans l'âge adulte et paradoxalement, je tétais mes clopes comme un bébé tète son biberon ou le sein de sa mère. A l'époque, je pensais que quitte à mourir et partir en fumée, autant le faire de son vivant. Trente ans de fidélité absolue pour ce passage à tabac qui m'a donné un plaisir fou et une confiance en moi infaillible et salutaire. Mes poumons s'en souviennent encore sans doute le prix à payer pour cette addiction autorisée. Turpitudes, accidents de la vie, on est de son enfance comme on est d'un pays.

J'ai le mal de mère ; de celle que j'ai eue et qui n'est plus et de celle que je ne serai jamais car je n'ai pas eu envie de partager mon corps avec un intrus qui me ressemblerait trop ou pas assez.

Le mal des autres

« L'enfer c'est les autres » affirmait Sartre, un philosophe qui s'est beaucoup trompé, mais bêtement, on a tous préféré avoir tort avec lui plutôt qu'avoir raison avec Raymond Aron ou Albert Camus. On a choisi de croire que les utopies pouvaient accoucher d'un monde meilleur même s'il fallait s'assoir sur nos principes fondamentaux et constitutionnels pour y parvenir. Nos valeurs se contrefichent trop souvent des démons qu'elles engendrent. Quant à moi, simple mortelle qui ne connaitra pas d'existence à titre posthume, je clame que l'enfer c'est de ne pas connaitre le paradis d'être bien avec les autres. On est fait ou défait par les rencontres, les croisements, les brassages, le moment où l'on reconnait quelqu'un que l'on ne connaissait pas. On recherche sa dimension plurielle au travers d'altercations singulières. Parce que c'était lui et parce que c'était moi, nous avons joint le « je » au « nous », histoire de se sentir moins seul et mieux compris. Hors d'état de se fuir, on se situe mieux dans les yeux des autres. On puise des ressources à travers des confrontations, des comparaisons… Envier ou ressentir de la jalousie, une disposition humaine qui n'élève pas le niveau des individus mais qui nous gouverne bien malgré nous. Des pulsions incontrôlables, irrationnelles dictent nos écarts de conduite. Je préfère ceux qui me jalousent à ceux qui m'envient car si l'on m'envie pour ce que j'ai, on ne m'envie pas pour celle que je suis. Il y a le facteur humain qui intervient dans la jalousie, quelque part, on voudrait me ressembler et être celle que je suis. C'est plutôt flatteur mais compliqué à vivre, l'autre ne peut jamais se réjouir de mes réussites, il a l'impression que je lui vole sa part de gâteau, son rayon de soleil, il est préposé à l'ombre parce que c'est moi qui prends la lumière.

Depuis ma plus tendre enfance, une période qui ne l'a pas été forcément, j'ai été confrontée à ces comportements manifestement envieux et j'ai subi ses regards écarquillés et ses moues grimaçantes qui se posaient sur moi dès que j'obtenais de meilleurs résultats scolaires que mes copines. D'ailleurs, les mêmes qui me jalousaient se réjouissaient d'autant plus de me voir maltraitée par la prof de musique car je chantais tellement faux qu'elle ne manquait pas de me le reprocher publiquement au su et au vu de mes camarades avec un ton énervé et disproportionné. Elle m'a virée manu militari de la chorale et j'ai éprouvé une humiliation accablante et un complexe d'infériorité persistant qui ne m'a jamais plus quittée contrairement aux gens que j'ai aimés et qui eux m'ont quittée pour toujours, au sens propre comme au sens figuré.

Peu à l'aise aussi dans les disciplines corporelles, ma flemme olympique n'est pas une légende urbaine mais une réalité affligeante. Je nage comme une pierre et je tremble comme une malade de Parkinson sur une poutre. Pour toutes ces lacunes, on ne m'a pas enviée mais on s'est moqué de moi à gorge déployée et ça m'a permis de limiter la casse de la jalousie. Mettre en exergue ses failles, voilà le secret d'une cohabitation possible avec les autres. Lorsque je portais des vêtements de marque et que j'avais droit à ma viennoiserie quotidienne, je m'obligeais à en céder une partie à celles qui lorgnaient avec convoitise ce pain aux raisins qui représentait la Rolls des gouters. D'être plus gâtée que les autres invite au partage, une bonne école pour ne pas virer égoïste. Et puis, la peur du mauvais œil a déterminé ma façon d'être. Comment peut-on accorder autant de pouvoir à quelqu'un ? En fait c'est réconfortant et pratique d'attribuer ses échecs ou ses malheurs au fait que l'envieux a eu raison de ses joies et de ses triomphes. Les ondes négatives ont porté le coup de grâce à ma belle mine ; à mes succès d'audience, à mon histoire d'amour trop belle pour être vraie et surtout pas méritée, pourquoi une fille comme moi aurait droit à une si belle romance. Elle n'est pas Julia Roberts après tout. Être autant aimée c'est un scandale, un outrage à leur désespoir. Ils ont l'impression que le bonheur des uns est le terreau de leur malheur. Ça les renvoie à leurs échecs, ils nous matent avec concupiscence tellement tristes de nous voir heureux ; A force de leur faire envie, ils me font pitié. Ces gens-là m'aimeront quand je serai morte et me reconnaitront enfin du talent. Le rapport aux autres rend paranos, méfiants et fermés à triple tour. Et au niveau fratrie, on n'est guère épargnés, ça commence dès la prime enfance, les parents nous comparent et fatalement nous opposent. Ta sœur est comme ci et toi tu es comme ça. Elle a eu ses règles avant toi et tu ne grandis pas assez vite, j'espère que tu feras une taille normale. On nous éduque pour devenir des compétiteurs, et ceux qui disent qu'ils se battent contre eux-mêmes se mentent effrontément ; ils se battent bel et bien contre les autres.

Et tabou suprême, certaines mères sont jalouses de la beauté et de la jeunesse de leurs progénitures. C'est dur de ne plus bénéficier du monopole du cœur des hommes, et chacun des compliments administrés à leurs filles peut taillader les veines de celles qui les ont mises au monde et être vécu comme l'enterrement de leurs séductions défuntes. Des amies proches ont souffert et souffrent encore de ces rivalités iniques mais les émotions négatives puisent leur source dans des contrées très éloignées de la raison et de la bienveillance. Alors se nouent parfois des liens, on s'associe et on monte des équipes pour être plus forts à plusieurs, on roule dans la même direction et on fabrique ensemble des programmes communs. J'ai eu la chance de connaitre ces associations d'égos régies selon les lois de la communauté mais infailliblement, on finit par marcher sur les plates-bandes de l'autre. Le partenaire devient un concurrent et alors là, tous les coups sont permis, pas évident de se faire de la place pour deux, il y en a un de trop. Comment je me suis disputée avec celle qui m'a présentée à mon premier patron, bêtement, parce que je récoltais plus de compliments qu'elle, parce que j'étais moins midinette, parce que nous n'avions fondamentalement pas les mêmes centres d'intérêt. Tout ce qui nous avait réunies, nos origines, notre célibat et notre ambition, tout à coup devenait un empêchement à rester des amies. On nous confondait trop et cette perte d'identité se traduisait comme un manque de reconnaissance personnelle. L'une n'était pas l'autre et vice versa. Pour exister par moi-même, il fallait briser ce binôme pour redevenir autonome. Ces séparations infligent une douleur corrosive, désormais, là encore, on ne nous verra plus ensemble, là encore, on se targuera d'être meilleure que l'autre et on s'autorisera à calomnier celui ou celle qu'on portait aux nues et à qui on taille après l'amour, des costards pour l'hiver au détour de chacune de nos mises au point. Nos rapports sont à géographie variable et loin des yeux, on se familiarise avec la haine pour feu ses anciens amis. Les diamants sont éternels, les relations humaines, elles, ne le sont pas et dire que certains en ont fait une science au pluriel. Auprès de mon cher et tendre, la jalousie n'était pas fondée sur le principe de la rivalité mais de l'exclusivité. Il me fallait être en permanence avec lui et mettre les autres sur la touche, lui était le sujet et autrui, un complément d'objet de préférence indirect. Et moi, j'étais le verbe, au centre de ses tendres attentions, le nerf de toutes ses nobles intentions, Cependant, tout ce qui brille dans mon histoire, vrille aussi, Pas question de prendre du plaisir en son absence. On s'est appartenu de notre plein gré et on a eu l'illusion que face au monde, nous étions un bloc de foi inattaquable. Mariés et donc en divorce avec tous ceux qui n'étaient pas nous. Nous occupions le devant de nos scènes conjugales, installés confortablement dans un fauteuil pour deux. Nous étions le couple le plus sectaire de la planète, Un tandem qui met les autres en distanciel pour moins subir les affres de l'altérité. Depuis son départ, Je suis rentrée dans le bois dur de la solitude et je ressens davantage le besoin d'être entourée et importante dans l'affect de mes proches. Mais comment faire pour se passer des autres quand sa doublure lumière a disparu ? S'offrir les services de personnes qu'on rémunère et qui sont dédiées à notre quotidien. J'ai la nostalgie chevillée au corps d'avoir perdu du temps à essayer de comprendre pourquoi, on me rejetait parfois, pourquoi, on me voyait telle que je n'étais pas. Je crois que j'ai aimé mon prochain pas autant mais plus que moi-même. J'ai trop attendu d'une amitié qui renait de ses cendres. Heureusement que l'amour a répondu présent à cette quête, cette inaccessible étoile et que son souvenir persiste et me tient chaud malgré la bise qui souffle sur ma vie. Alors oui, la déception est abyssale et laisse des traces indélébiles. Le mal des autres, c'est la cicatrice intérieure, celle qui ne se remarque pas mais qui lacère notre âme et nourrit notre amertume. Ces relations en trompe l'œil imposent de ne jamais être tout à fait soi-même ni tout à fait un autre, les énergies renouvelables ne concernent pas uniquement les domaines écologiques mais sont indispensables en matière de relations humaines, nos routes et nos intérêts évoluent pire divergent. Cinq comme les doigts d'une main, le nombre d'êtres chers sur lesquels s'appuyer, pour lesquels on est prêts à décrocher la lune, c'est galvanisant oui mais quel turn over, ceux qui sont présents aujourd'hui n'étaient pas forcément ceux qui étaient là hier. Je suis toujours consternée et peinée par la péremption des sentiments qui débouchent sur de bien sombres ressentiments, c'est comme une fin d'été qui durerait toute la vie, un printemps qui ne reviendrait pas et des soupirs qui soulèvent des montagnes de désillusions. Le contrat amical est rompu, et si on pense qu'on a été trompé, c'est nous qui nous sommes trompés. Alors le mal des autres, je le connais même si je ne le reconnais pas toujours. En prenant de l'âge, je deviens de plus en plus à l'image de ma carte de crédit, une personne sans contact et je crains profondément de passer le reste de mes jours à tourner les pages de mes albums-photos en comptant inexorablement tous ceux qui sont tombés sous les balles du temps qui passe…

Le mal de vivre

« Le petit chat est mort » tristesse enfantine exprimée par Agnès dans « l'école des femmes », un ton comparable à celui que j'ai pris pour annoncer la fâcheuse nouvelle à mes amis quand mon psy est mort, une phrase que j'ai encore un mal fou à prononcer, l'homme qui partageait la face cachée de ma vie, ma partie immergée de l'iceberg, l'homme qui me connaissait mieux que moi-même, il s'est éteint brutalement en me laissant une fois de trop orpheline et désemparée. Un décès qui attestait de mon karma de compter les morts comme d'autres comptent les moutons avant de s'endormir, une spirale qui ressemble à un destin, une bien mauvaise habitude d'enterrer ceux qui me font du bien. Je n'ose évoquer ce que je ressens à cet instant T, les pavillons sont baissés et c'est comme un drapeau noir qui flotte sur ma vie comme une scoumoune qui me colle à la peau. Privée du monologue de mes vagues à l'âme dont il était l'oreille attentive et le conservateur privilégié, sa disparition est une morsure à vif qui résonne à l'infini et me renvoie à mon triste sort et à ma quête inassouvie de supporter le réel. Il a suffi d'un simple coup de fil pour que mon travail effectué sur son divan soit azimuté, pulvérisé et devienne une affaire non classée, un cold case. J'ai hésité longtemps avant de franchir le seuil de son cabinet, réfractaire au plus haut point et persuadée que ce travail sur soi, ce selfie tout en blablas n'allait en rien alléger mon quotidien. Heureusement qu'une amie m'a convaincue du contraire et m'a gentiment recommandée auprès de celui qui gérait dans une grande difficulté le cas problématique d'un membre de sa famille.

C'est donc à reculons et certaine que cet exercice ne m'apporterait rien que j'ai fini par y aller quand même, sans doute pour réparer les dégâts causés par le parcours accidenté de celle qui n'était pas une autre que moi et que je considérais comme une Cosette des temps modernes. Je voulais impérativement soigner mon mal de vivre et j'ai pris le chemin de la parole pour m'aguerrir de moi, pour ne plus dire à quoi bon. Comme l'a si bien dit Lacan ce qui est dehors n'est plus dedans alors j'ai décidé de parler quitte à me faire mal, à me cogner jusqu'à me faire des marques bleues à l'encre pas sympathique du tout, à passer aux aveux sous ma propre torture quitte à mettre des accents graves sur les nœuds de l'existence. Chercher la petite bête qui ronge la grosse pour ouvrir la boite à secrets et abolir les gestes barrières de la mémoire traumatique et faire tomber les digues pour ne pas devenir dingue. J'ai fait le choix de vider mon sac, de vomir mon fiel pour remonter les pentes dures et refiler les patates chaudes indigestes à un autre que j'ai payé pour ça. Les paroles restent et les écrits s'envolent. Encore du Lacan dans le texte. Surtout je voulais me débarrasser des crises d'angoisse qui venaient de nulle part, j'ai choisi le confessionnal laïc sans morale et sans dieu ni maitre. Assignée à la résilience de mes malheurs, j'en atteste, vivre c'est le plus dur métier du monde.

Le casting de mon thérapeute est le bon, Caro a vu juste, il pourrait être mon père, il fume, moi aussi, il est mystérieux moi pas. Il a de la culture, me too. Première séance, elle ne nous engage en rien, on va se renifler comme deux chiens de faïence qui vont faire connaissance. Au terme de cet échange, on saura si l'on envisage de faire un bout de chemin ensemble ou pas. Le contact est lancé, ce psy, cet inconnu va devenir mon psy et il est fait pour m'entendre, on organise un planning chargé, trois fois par semaine le matin avant d'aller bosser. J'ai peur, j'ai froid, je me pose vingt mille questions, l'envie de tout annuler me taraude et si la femme que je suis vraiment me décevait, était une étrangère non conforme à l'image que je me suis fait de ma personne ? « T'es toi et parle » une injonction que j'assène à moi -même et qui va faire ses preuves mieux son effet papillon, une petite action pour une grande conséquence. J'ouvre les chakras et je combats mon manque de courage pour passer à l'acte par la parole et en plein cœur de ma trentaine, je réalise qu'il me faut mettre mes démons sur la touche et en quarantaine. Alors que les téléphones. portables viennent de faire leur apparition dans la vie des Français moyens, le mien fraichement offert par mes amis pour mon anniversaire a du réseau dans très peu d'endroits mais il sonne chez mon psy. Alors quand j'oublierai de l'éteindre, le monde extérieur va faire son apparition dans ce tête à tête avec moi-même et viendra de nombreuses fois perturber le fil de ma pensée d'ailleurs, acte manqué sans doute, il restera allumé les jours de séances intenses où il est question des cailloux dans ma chaussure que j'ai du mal à faire sortir de leurs cachettes. Et puis, les moments où j'étais heureuse d'avoir rendez-vous, il ne se passait pas grand-chose, des mondanités, des échanges polis voire policés, un ennui émanait de ce que je racontais et je sortais parfois avec l'amère impression d'être sans intérêt. Et puis, la pratique et la foi qui sauve brisent mon armure et laissent filtrer des évènements tus et engloutis dans les cavernes de ma mémoire adepte d'un tri un peu trop sélectif. Oui j'y suis allée à fond, oui j'ai mis du Stabilo sur des plaies vives et en fait je les ai regardées en face pour mieux les mettre à distance. Plutôt dans le silence, le docteur Deman essuyait mes larmes grâce à sa compassion exprimée à travers un toussotement que je percevais comme une expression bienveillante à mon égard. Des sanglots, des silences et des énervements rythmaient ces séances et mettaient en exergue ma haine viscérale de la mort et ce fardeau de ne pas mériter d'être aimée. Il en est sorti de bien sombres conclusions dont un abyssal sentiment de culpabilité, je m'étais convaincue que mes parents au sens élargi oncles et tantes compris étaient morts à cause de moi, parce que mon existence ne valait pas la peine de les maintenir sur terre, je n'ai pas su les sauver et j'ai tout fait pour me détruire et surtout ne pas avoir envie de vouloir réussir ma vie. J'ai fui ce passé et j'ai occulté l'avenir. Ma fratrie était fragile et je ne voulais pas la voir ainsi, eux-mêmes n'étaient qu'en devenir et pas finis. Alors j'ai voulu être utile sans pouvoir être agréable. Il fallait se mettre à table affalée sur ce divan et plus les rendez-vous s'enchainaient plus je me comprenais et surtout je comprenais mieux les autres. J'osais les critiquer à haute voix et accepter autant leurs défauts que les miens. Trop longtemps, j'ai voilé mes imperfections en essayant de me comporter à l'égard des autres de manière irréprochable pour qu'on pense du bien de moi, la défense de la veuve et de l'orphelin, c'était ma quadrature familiale et littérale. Après ce déballage intense et chaotique et cette mise à nu de ma personnalité complexe et complexée, j'ai ressenti le déclic que j'attendais, j'étais prête pour aimer et être aimée pour accueillir cet autre dont j'avais rêvé à l'intérieur d'une vie fantasmée aux antipodes de la réalité. Je prenais tout à coup possession de tous mes possibles et sans le dire, je me suis décidée à aller de l'avant parce que je m'étais délestée de mes arrières. Le jour de mon départ pour l'Australie, le premier voyage que je devais faire en solo, j'ai raté ma date avec mon psy, il n'y avait personne au cabinet et la porte est restée close comme mon âme meurtrie par cet énième abandon. Il n'était pas présent pour me souhaiter bon vent, il avait séché cet entretien après m'avoir permis de prendre mon destin en main, aucune recommandation et pas d'encouragements et le soir même, je m'envolais vers l'inconnu qui allait m'ouvrir ses bras. Je n'ai jamais eu d'explications concernant ce contre temps et c'est quatre ans plus tard que l'on s'est revus, il avait déménagé et s'était rapproché de mon domicile désormais conjugal. Je l'ai consulté et il m'a boostée à nouveau, le travail n'était pas fini, il fallait l'achever et faire disparaitre ces crises de panique qui m'empêchaient littéralement de respirer. Le suicide de mon neveu à l'ordre du jour et une ménopause précoce et hormonalement contrariante. Et puis, il a su me driver et m'éviter le pire pour que mon couple perdure, il m'a interdit de parler sans filtre en évitant de dire des choses qui dépasseraient ma pensée, à juste titre, il savait que certaines scènes et disputes pouvaient laisser des séquelles irréversibles et tuer à jamais une histoire. Et c'est lors de ces séances qu'il a tiré sa révérence, on m'a dit qu'il avait eu un problème de cœur et en fait, il s'est suicidé à cause d'un chagrin d'amour. Les cordonniers les plus mal chaussés, vous connaissez la suite, alors il m'a été recommandé de faire le deuil de celui qui m'avait aidé à faire les miens.

Un comble, l'ironie du sort, depuis, je consulte son remplaçant, il m'accompagne dans mon veuvage et ne me trouve à ce jour toujours pas dépressive mais plutôt dépréciée et de moins en moins bankable sur le marché de l'emploi.

Ça fait du bien de parler de son mal de vivre, on n'en guérit pas mais grâce à ce travail assidu, je peux l'affirmer, je suis aujourd'hui gaiement désespérée.

Le Mal dedans (de dents)

« La langue bute toujours sur la dent qui fait mal ». C'est issu d'un proverbe chinois qui ne manque pas de véracité. Combien de fois, je ne les compte plus des experts masqués en blouse blanche et censés ramener leur fraise au plus près de mon palais pour y prodiguer des soins ont pensé à tort que j'avais été victime d'un accident., non je suis née comme ça, on ne m'a pas marché dessus et d'autres membres de ma famille sont eux -aussi les porteurs sains de cette anomalie physique. Effectivement, je souffre d'une incapacité mécanique pour ouvrir la bouche et même si ça en fait rire certains, évidemment des esprits mal placés, il faut savoir que chaque séance chez le dentiste représente une souffrance inénarrable avec son lot de complications ayant pour conséquence funeste d'endommager le bord de mes lèvres presque autant qu'un Laguiole fraichement aiguisé. Mon cas nécessite l'appareillage d'une enfant de huit ou dix ans, mes os du visage se crispent et se bloquent dès que l'intervention dépasse mon seuil horaire de tolérance. J'ai la sensation d'être paralysée et le praticien penché sur moi est à la peine et ne peut exercer ses talents comme il le voudrait. Ce défaut de fabrication complique des actes qui pour la plupart des gens sont d'une grande banalité ; souris puisque c'est grave, je me suis efforcée d'en faire mon adage, au commencement, j'avais la mâchoire supérieure très en avant et elle ne se raccordait pas à celle du bas et j'avais deux dents de lapin qui me donnaient un air juvénile alors que j'avais plus de trente ans, sur toutes les photos de l'époque, j'esquisse une moue avenante avec la bouche fermée à triple tour mais l'envie de croquer ma jeunesse à pleines dents a été la plus forte alors je me suis lancée au côté d'une femme virtuose en la matière et pour le moins téméraire dans l'opération grand remplacement pour mettre des jaquettes bien blanches sur mes improbables canines, mes perfides molaires et mes ridicules incisives et surtout pour rectifier cette erreur de la nature qui m'avait privée d'un joli sourire. J'ai vécu trois mois sous la torture installée sur une chaise électrique à la tête d'une véritable entreprise de BTP au budget colossal et pas remboursé par la sécurité sociale. Je me suis offert ce que ma génétique m'avait refusé à la naissance. La praticienne a vanté mon courage auprès du prothésiste qui au regard de ma radio panoramique n'imaginait pas que la personne puisse être mignonne ou tout simplement potable à l'instar d'une eau municipale, des propos qui froissent l'égo et font écho à des complexes ancestraux. On a la vie qu'on hérite, c'est une réalité tangible et cette malformation provient du côté paternel. Quant aux dents de ma mère, Elle a été dotée d'une dentition qu'on remarque et malheureusement pas dans le bon sens du terme. Aujourd'hui, ces travaux d'Hercule entrepris il y a plusieurs décennies nécessitent un entretien permanent, sujette aux infections, je côtoie des endodontistes qui travaillent au microscope et qui essaient avec plus ou moins de réussites de sauver les meubles plus exactement les canaux endommagés par des années de brossage approximatif. Je représente un calvaire sur pattes, une bête noire pour tous ces professionnels qui éprouvent de plus en plus de mal à me procurer des soins de première nécessité, C'est comme ça, c'est le prix à payer mais je suis accablée par ces dépenses à mes dépens qui dévorent mes économies et réduisent à néant des années de travail accompli. Comme je me sens vulnérable entre leurs mains, otage de leur marche de manœuvre de plus en plus réduite, c'est toujours une angoisse dès que les douleurs surviennent, encore ce problème récurrent qui vient obscurcir ma santé mentale, mais pourquoi, suis-je donc née avec cette particularité -là, je hais l'atypisme et ce qu'il engendre d'exclusions et la petite musique qui l'accompagne lancinante, sclérosante, ostracisante. Je présente mes excuses en permanence, pardon de vous causer des problèmes mais pardon de quoi ? Je n'y suis pour rien dans cette histoire, on m'a livrée avec ce packaging-là. Mal de dents, mal dedans d'être différente et ces frais de bouche ont été loin d'être festifs, comme dans la loi du Talion, ça a été dent pour dent et ça m'a couté deux bras. Je me suis offert un sourire et j'inonde les réseaux sociaux avec cette morgue digne des publicités tapageuses pour dentifrices. J'ai transformé mon défaut mineur en atout majeur mais voilà, parce que le monde bouge et mes bridges aussi et que les caries prolifèrent au grand dam des praticiens, je suis sans cesse soumise au dictat de ma plastique dentaire qui se transforme voire se détériore à chaque jour qui passe. J'ai perdu mon sourire intérieur alors je ne voudrais pas perdre aussi celui qui se voit et qui représente un pass salutaire auprès des autres, une carte de visite solaire. Ainsi, je peux donner le change, et malgré ma vie en dents de scie, je veux me présenter avec une face joyeuse à la manière de maitre Richard Malka, l'avocat de Charlie hebdo et de Mila qui affiche un sourire radieux pour contrer avec élégance et courage ces faux prophètes odieux qui dégainent sans le moindre état d'âme des rafales de kalachnikovs sur des cibles qui ont le malheur de ne pas penser comme eux.

Rien n'est jamais acquis et il faut sans cesse entretenir la machine et rester à l'écoute de son corps pour qu'il reste le plus longtemps possible en état de marche. De plus en plus vulnérable et jugée ainsi de par mon état civil, je ressens une appréhension folle à passer des contrôles médicaux que je fuis comme la peste et le choléra réunis, peur sur ma vie, peur que l'on découvre un mal dedans qui signerait mon arrêt de mort.

Je m'attaque à la surface, pour le reste, je pratique religieusement la politique de l'autruche, je mets la poussière sous le tapis et advienne que pourra. Il vaut mieux ne pas prévenir pour ne pas avoir à guérir d'une maladie dont on méprise l'existence. Malgré cette conscience aigüe de ne pas agir comme je le devrais, je n'y arrive pas, sans doute, suis-je traumatisée par l'annonce faite par l'oncologue qui traitait ma mère et qui était plus qu'embarrassé devant la détresse que j'éprouvais de voir celle que j'aimais par-dessus tout s'éteindre dans la douleur. Pas facile de dire à une enfant que les moments sont précieux et les jours comptés et qu'elle va perdre sa maman, que cette dernière soit atteinte d'une longue maladie incurable qui engage le pronostic vital, à l'époque le mot cancer est tabou et on contourne le problème mais à mal nommer les choses on les rend encore plus graves qu'elles ne sont. De cet entretien qui m'a plongée dans un profond désarroi, je reste encore aujourd'hui dans l'impossibilité d'affronter cet éventuel cas de figure et la vérité tragique qu'elle suggère et contre laquelle se battre ne suffit pas toujours. On n'en sortira pas vivants, c'est une certitude mais dans quel état, va-t-on tirer sa révérence ? Mes références en la matière ne sont pas réjouissantes. On a tellement de mal à trouver la porte d'entrée de son existence qu'il est insupportable de penser ce à quoi va ressembler sa sortie. Assister au départ de ceux qui nous sont chers constitue la répétition de ce qui nous attend au tournant du temps qui nous est imparti et qu'on ne connait pas, mais qui arrivera inéluctablement. Alors que la planète entière suffoque et vibre selon les lois imposées par une pandémie, que l'on compte ses morts, que l'on décrit des situations apocalyptiques en réanimation, que des personnes s'éteignent dans une solitude accablante à la recherche désespérée d'une bouffée d'oxygène, que leur dernier souffle se produit dans un ultime étouffement et que leur agonie pourrait être la nôtre., nous baignons dans un univers médicolégal aux limites du soutenable. Nous sommes devenus exclusivement des patients impatients de jouir quoiqu'il en coûte, des individus menacés dans leur chair qui se disent après moi la fin du monde. Plaider coupable n'effacera pas la dette que nous avons face au chaos écologique que nous avons provoqué, on ne cesse de clamer que c'était mieux avant ; oui mais si c'est pire après, la faute à qui ? Nos rêves ont été foudroyés par le principe de réalité. A force de vouloir posséder toujours plus, c'est au veau d'or que l'on vénère qu'on a fini par appartenir. Et même si nous portons tous une fin en soi et que la maison brûle et que l'on regarde ailleurs, on n'échappera pas à la sanction d'une nature qui commence à se venger des outrages qu'on lui a infligés. Notre corps est au diapason de cette dialectique-là. On a mal dedans mais je veux croire que la vie des hommes même s'ils meurent est comme les diamants, éternelle. Alors que l'espérance de vie augmente, l'espérance dans la vie baisse et la vue aussi plus exactement une certaine vision de l'avenir et j'exècre cette phrase, à chaque jour suffit sa peine…On ne peut pas vivre pour vivre bien qu'on vive pour mourir…Les femmes sont des hommes comme les autres alors je veux être un homme heureux malgré tout même si on est malade complètement malade de ne plus être aimé. Mal dedans, c'est le scanner qui le dira ou pas alors pour le moment, je vais voir dehors si j'y suis…Parce que rien ne vaut la vie même si chacun de nous ne vaut pas grand-chose…Restons humbles car nous le valons bien.

Le mal des mots

Le cynisme selon Oscar Wilde, « c'est connaitre le prix de tout et savoir la valeur de rien. ». J'ai longtemps fait mienne, cette pensée tragico-désabusée parce que j'appartiens à la race des gens qui ne sont dupes qu'à l'insu de leur plein gré. Effectivement, c'est ma réalité profonde, mon patrimoine philosophique, la dérision coule dans mes veines et l'humour me sert à la fois de glaive et de bouclier. C'est mon meilleur pare-feu, à l'heure où les réseaux sociaux imposent la loi du plus fort en gueule, au moment où l'e. Monde génère des icônes toutes plus inconsistantes les unes que les autres, en ces temps où l'on a enterré le second degré à la sauvette et sans hommage funèbre comme on le pratiquait pour les comédiens au XVII ème siècle sous Louis XIV à la nuit tombée et à l'abri des regards, il faut désormais, c'est une certitude, rentrer en résistance pour imposer comme le préconisait Albert Camus, la radicalité de la nuance. A mesure que notre horizon devient incertain, nos valeurs humanistes fondent aussi vite que la banquise et les mers de glace, parce que le désert avance et que je ne parle plus tout à fait, la même langue que certains de mes compatriotes, paradoxalement, j'ai trouvé refuge dans les mots, les mots pour me dire, pour me fuir, pour me trouver, pour me construire et pour donner du sens à ma vie qui n'en a plus. Les mots passants, les mots cassants, j'en use et j'en abuse. Je commets des phrases parce que je ne sais rien faire d'autre ; mes mises à jour sont plus belles que mes nuits et j'accède au coffre-fort de mon inconscient grâce aux oxymores, aux joutes verbales aux boutades et autres aphorismes qui me permettent de mettre en avant les vérités d'une époque au travers de ses plus éclatants mensonges. Les pensées secrètes reléguées dans les bas fonds remontent à la surface de ma prose et comme les poètes, je suis rongée par les vers de mon vivant. La thérapie par le langage m'a sauvée du naufrage, je deviens en même temps, celle qui parle et celle qui entend, celle qui écrit et celle qui comprend, la malade et le médecin, le symptôme et le traitement, la cause qui fait son effet auprès des autres, mes signes particuliers épousent les valeurs communes, mes vices comme ma vertu sont partagés par le plus grand nombre et je constate qu'on se ressemble plus qu'on ne le croit. Au commencement, j'ai appris à m'exprimer dès l'âge de deux ans, ce furent mes premiers pas dans l'altérité, sans doute, un besoin précoce de communiquer et de posséder les codes de la route terrestre. Exister par la parole pour m'intégrer, j'ai appris à marcher en mettant un mot devant l'autre et j'ai tracé mon chemin. J'ai joué sur la gamme que m'offrait l'alphabet et avec vingt-six lettres je me suis fabriqué une galaxie, un espace propre, un repaire. Je suis issue d'une famille où l'on parle mais à l'intérieur de laquelle, on ne se dit pas les choses. No complain no explain, la même devise qu'à la cour d'Angleterre mais ce postulat présente bien des limites et lorsque la mort sépare ceux qui s'aiment, il est trop tard pour mettre des rustines sur des sentiments car on n'a plus aucune chance qu'ils puissent atteindre ceux auxquels ils étaient destinés. Alors, j'ai pris le contrepied de cette tradition tribale et j'ai exposé mes ressentis, mes avis sans m'imposer la moindre censure et sans y poser le moindre filtre. J'ai traversé des parcours minés et je me suis fait plus d'ennemis que d'amis. Les serments d'hypocrite, on m'en a susurrés à mon oreille mais je ne les ai jamais crus et je les ai rejetés avec la même sévérité qu'un tribunal militaire aurait à l'encontre d'un espion suspecté de haute trahison. Les mots n'ont pas toujours été mes alliés, c'est même tout le contraire, je suis tombée dans les pièges tendus par ceux qui ne me voulaient pas que du bien ; j'ai avalé pire que des couleuvres, des vipères sous forme d'injonctions qui mordent jusqu' à ce que mort émotionnelle s'en suive, je n'avais plus de recul et aucun discernement. J'en ai reçu des insultes, des horreurs proférées à mon encontre et je les ai mangées avec une envie immédiate de les vomir mais il en est resté toujours quelque chose d'ancré en moi. On m'a reproché d'avoir volé l'argent issu d'un héritage que j'aurais soi-disant détourné à mon profit, il n'y avait rien à prendre et rien de matériel en tout cas, on a jeté l'opprobre sur mon honnêteté maintes fois prouvée mais toujours déniée par mes accusateurs, mon frère n'a eu de cesse de me rabaisser et de ne voir en moi qu'un monstre à l'intérieur comme à l'extérieur. Ma famille n'a jamais vraiment reconnu mes qualités qu'elles soient humaines ou spirituelles, je me suis fait affubler des plus horribles sobriquets. Alors les mots de haine ont marqué leur territoire me plantant des couteaux en plein cœur et j'ai fini par croire que j'étais une personne sans envergure et que j'exerçais un métier qui n'en était même pas un, pire que j'œuvrais pour la paupérisation intellectuelle de la population française. On m'a taillé des costards calamiteux pour me mettre en état de faiblesse et je suis devenue agressive, sarcastique et tellement sur la défensive que je n'ai pas manqué de les attaquer pour éviter de prendre trop d'uppercut dans le bide ce qui n'évitât pas les coups bas. Les mots assassinent et rendent perméables aux calomnies qui deviennent sans raison gardée, crédibles et vraisemblables. On finit par s'identifier à ce qu'on dit de nous et il faudrait être équipé de boule Quies parfois pour ne pas entendre afin d'être mieux entendu. Ceux à qui je portais de l'amour, ne me l'ont pas toujours rendu.

Souvent, la bâtarde que je ne suis pas a été menée à la baguette, et je suis devenue le bâton pour me faire battre, ils m'ont considérée longtemps comme une poire pour leur soif de vengeance dont je n'étais pas la cause. Qui aime mal, châtie mal, j'en ai fait les frais. Aujourd'hui, mon frère, s'il meurt avant moi, m'interdit de venir à ses obsèques, il ne me l'a pas exprimé en face et c'est une âme bien intentionnée qui s'est chargée de me le répéter. Ma famille est comme l'ascenseur social en panne, il faudrait la réparer ou bien prendre l'escalier mais le temps imparti nous est compté et il faudra mourir avec ces mots que je garderai jusqu'à la fin de mes jours en travers de la gorge.

Le mal du temps

« Ce qui remplit le temps, c'est vraiment de le perdre. » Une citation signée Marguerite Duras et en la matière, elle en connaissait un rayon, elle qui n'a eu de cesse de remplir des verres de whisky pour combler sa peur du vide. On a à peu près tout dit sur le temps, qu'il passe ça c'est sûr, qu'il lasse parfois, qu'il casse nos rêves, qu'il tasse notre silhouette, qu'il change d'une saison à l'autre et qu'il nous change aussi et pas vraiment à notre avantage. Certains considèrent que même l'avenir c'était mieux avant, pourtant à l'époque où l'on vivait sous le règne de la bougie, j'ai l'impression qu'on était mieux éclairés. Se projeter et prendre la route vers le progrès n'était pas un gros mot et les GPS idéologiques ne nous faisaient pas revenir en arrière ou tourner en rond. On recherchait les lumières plutôt que les ténèbres, et nous n'avions pas des pseudo -mentors qui s'évertuaient à louer le passé pour mieux insulter l'avenir. Adepte des passions tristes, en 2000, le siècle des émotions s'est ouvert et il rend moderne le vintage ; on fait du neuf avec du vieux et en définitive, il n'y a rien de nouveau sous le soleil si ce n'est la perspective de la pluie qui tombe de ces âmes grises et que je n'ai en aucun cas envie de suivre. Contrairement au temps, le pain perdu ne l'est pas, on le récupère pour le transformer et en faire autre chose, une métaphore très premier degré pour illustrer une doxa de l'existence que je fais mienne ; je veux croire comme Scarlett O'Hara dans « autant en emporte le vent » que demain sera un autre jour et ce en dépit de son monde crépusculaire qui se dérobait sous ses pieds et s'en allait sans retour possible, rejoindre à jamais les livres d'histoire. On sait que le temps ne se rattrape guère, qu'il nous échappe mais qu'il nous construit aussi et qu'il fait de nous ce que nous serons et qu'on ne peut que le perdre sans jamais le gagner. Il est le plus meurtrier de tous les tueurs en série alors, je voudrais faire de lui, un allié et faire en sorte qu'hier soit à son tour un autre jour et que j'effectue des voyages extra temporels à la manière de Proust pour solliciter ma mémoire en dégustant une madeleine ou plus précisément un couscous bien de chez moi et me réfléchir dans le passé pour y sentir à nouveau le parfum de ma jeunesse défunte. Savoir d'où je viens pour essayer de savoir où je vais, ne rien renier de mes erreurs et avancer avec les outils que j'ai ramassés sur le chemin des drames en prenant la vie comme elle vient et aussi comme elle ne vient pas. A 20 ans, on a la gueule que l'on hérite et à 50, la tête que l'on mérite. J'aimerais être un jean pour bien vieillir et être constamment en état d'alerte même si à cause de mon âge avancé, je peux de moins en moins l'être. Dans la France de mon enfance, les idéaux influençaient la réalité, et on était heureux d'abolir la peine de mort pour honorer nos valeurs davantage humanistes qu'humanitaires. A cause de ce covid qui nous sépare et de ces replis identitaires qui nous divisent, on s'est soumis sans la contrainte sous le joug de nos spécificités et on aime son prochain uniquement s'il est notre semblable. Il faut un temps pour tous et aimer fréquenter ceux qui n'ont rien à voir avec nous. Je suis nostalgique des années Palace ou Benetton, de ce mélange des gens et des genres qui a fabriqué l'être que je me suis efforcée de devenir. C'est le moment de se retrouver pour échanger et sortir des ghettos dans lesquels, on s'est volontairement enfermés. Le monde est une auberge espagnole mais pas que, il se nourrit des rencontres et des confrontations avec des personnes issues de la réalité tout autant que des personnages découverts dans des livres, des films ou des pièces de théâtre. Madame Bovary c'est moi ou même Hamlet, des références imaginaires qui font partie prenante de mon univers. Avec le temps, j'ai de moins en moins envie des autres et bizarrement de plus en plus besoin d'eux. L'âge ingrat n'est pas celui qu'on croit, c'est celui qui se rapproche de la sortie. Ça fait mal d'être moins désirée, moins convoitée et laissée en déshérence comme si son existence n'avait plus aucune valeur cotée en bourse. A force de ne plus intéresser autrui, je finis par me détester et n'avoir que des circonstances exténuantes à invoquer pour justifier mon état de faiblesse et de vulnérabilité. On apprécie les fripes et guère les gens fripés, c'est la course éperdue au lissage des corps et des visages pour se donner l'illusion que nous sommes des membres immuables d'une société qui bouge mais pas avec nous. Pourquoi être en décalage horaire avec son état civil, faire croire qu'on n'a pas l'âge de ses artères en se dessinant notamment des bouches de poisson plutôt inesthétiques, je refuse cet esprit de tromperie sur la marchandise. D'ailleurs, je ne me considèrerai jamais comme un produit de consommation courante à l'image des fake news, l'air du faux et de son usage incitent à trafiquer nos appâts rances pour les rendre plus comestibles aux yeux de tous. Je veux que le temps s'inscrive comme il se doit et j'ai l'impression qu'on vieillit trop longtemps dans nos pays riches et qu'il ne faut sans doute pas pousser trop loin le bouchon et qu'au-delà de cette limite, le ticket n'est plus valable, il y a trop de gens ayant perdu l'usage de la mémoire qui ne reconnaissent plus les autres et même plus eux-mêmes et attendent sans le savoir leur sortie de route finale, certains morts sont plus vivants qu'eux, certains n'ont plus la tête mais les jambes ou l'inverse ou pire, les deux ont été ensevelis sous les gravats d'une vieillesse tardive qui n'en finit pas de ne jamais se finir. Combien parmi eux ont pensé que Dieu les avait oubliés.

Vieillir au sein de ma famille constitue un privilège, chez moi, on ne fait pas de vieux os, une sorte d'ostéoporose congénitale, seules les femmes du côté paternel sont devenues des nonagénaires en bonne et due forme. Alors, pour moi, la vieillesse était un trophée, mon Graal, ma victoire sur les horloges. Je ne possède aucune expérience dans ce domaine et je n'ai aucun modèle dans mon entourage pour appréhender ce moment du déclin de la vie, là où l'on descend les marches et où on nous reprend au fur et à mesure, tout ce qui nous a été donné. Même l'homme que j'ai aimé a été rappelé et empêché de continuer son chemin auprès de moi ; aucune ride, aucun stigmate, seule la maladie l'a emporté et nous ne vieillirons pas ensemble et je passerai le reste de mes jours auprès d'un fantôme qui bientôt sera plus jeune que moi.

On fait tout pour nous prolonger dans la durée même si ça ne sert qu'à nous ostraciser davantage et on refuse de regarder la vieillesse en face, surtout ne pas voir les outrages du temps en étant détériorés, abimés et cabossés. Désormais les vieux, on les parque dans des EPHAD, ces mouroirs modernes pour les cacher de la vue des jeunes pousses qui pourraient ne pas être tentés de continuer l'aventure.

Quant à nous les femmes, On est « mamifiées » dans les paroles et momifiées dans les actes à travers des interventions chirurgicales pour la beauté éternelle. Malgré tout, J'aurais apprécié que ma garde rapprochée prenne de l'âge pour tourner les pages du roman avec elle mais voilà, c'était sans compter, les aiguilles de l'horloge qui ne nous appartiennent pas et qui à jamais décide du stop ou encore des existences.

La vie c'est parfois du beau temps mais c'est trop souvent orageux en fin de partie.

Pourvu que j'aie un éclair de lucidité pour m'éviter ça !

..

Le mal de Dieu

« Si on parle à Dieu, on est croyant, s'il nous répond, on est schizophrène ». C'est du pur Woody Allen et pourtant qu'est-ce qu'on aimerait qu'Il se révèle à nous parfois. Il y a aussi Godard dans le texte dans l'un de ses fims baptisés : « éloge de l'amour » où Dieu est interpelé « Dieu, Dieu, pourquoi m'as-tu abandonné ? » Et Dieu de rétorquer avec un aplomb à la fois déconcertant et profondément désolé « mais je n'existe pas ». Toutes ces boutades résument on ne peut mieux ma pensée et n'ayant pas accès à ce supérieur hiérarchique de la gent humaine, je déplore que si Dieu existe, il ne m'ait pas donné la foi, la foi qui sauve, la foi qui élève, la foi qui donne des ailes comme celles dont les anges sont pourvus. De ne pas croire à cette force que j'imagine tranquille entrave mes pas et nourrit la conviction d'un no future post-mortem.

Cela comporte aussi de graves effets indésirables parmi lesquels entre autres, le désarroi, la tristesse, la défiance et même l'autodestruction. C'est aussi un grand renoncement à la fiction la plus inventive et nécessaire qui soit, la plus belle de toutes les romances, la bible indispensable de savoir-vivre pour mieux accepter la mort. Croire c'est la plus réconfortante des visions de l'existence. C'est comme ne jamais être privés de dessert ad vitam aeternam. Soumis à rude épreuve, ceux qui pensent que Dieu les a créés ne sont pourtant pas tous des exemples de probité morale et tous n'ont pas été conçus à son image. Entre les imans qui prêchent le jihad et les prêtres pédo criminels, on ressent comme une nausée intérieure qui secoue douloureusement notre altruisme. Qu'est-ce qu'il faisait à Auschwitz ? Pourquoi a-t-il accouché de ces monstres exterminateurs ? Finalement, on détient plus de preuves qu'il n'existe pas que le contraire. C'est sans filtre intellectuel que je me pose ces questions puériles comme s'il y avait un SAV, un bureau de réclamations pour personnes en situation de handicap spirituel. Comment je me suis disputée avec cette entité qui régissait ma vie ? A 15 ans, en plein cœur de ma puberté, lorsque le destin m'a arraché à la présence affective et nourricière de celle qui m'avait mise au monde, la révolte s'est emparée de mon esprit et là, j'ai décidé, qu'après ce drame, je ne prierai plus jamais et je ne solliciterai plus son aide car on n'implore pas du vent surtout s'il est contraire à son bonheur.

C'est alors que j'ai dévoré avec appétit tous les philosophes qui avaient réglé son compte au grand D…Sartre, Nietzche, Spinoza, un juif marrane excommunié de sa communauté a semé sa graine de doute en moi en parlant de son immanence, concept aux antipodes de la transcendance à laquelle je ne pouvais pas adhérer. Un peu comme Camus, après d'intimes et profondes réflexions, je dis si l'on m'interroge que je ne sais pas mais mon Dieu, qu'est-ce que j'aimerais en avoir le cœur net. C'est un manque abyssal, une tour de pise qui penche et qui cherche inexorablement et en permanence un équilibre qu'elle ne trouve pas malgré des efforts surhumains pour y parvenir. Malgré tout, des mystères s'installent et pénètrent mon cerveau de rationnelle convaincue ; des prémonitions, des impressions et des visions se réalisent et elles m'ont été apportées par des émissaires inconnus et me sont apparues comme des évidences. Je suis peut-être connectée à des zones empathiques qui me font lire l'avenir sans marc de café ou cartes de tarot ; je capte, je respire et je ressens mais sans faire pour autant de l'être suprême, mon maitre à panser mes plaies et à colmater mes brèches. Tout ne s'explique pas et c'est tant mieux mais je crois que de ne pas croire en Dieu a été un empêchement pour croire en moi. Ce manque de confiance profond qui ne se perçoit pas auprès des autres a littéralement fermé les portes de tous mes possibles. J'ai refusé d'avoir de l'audace et fataliste au dernier degré, je me suis laissée portée par le hasard des rencontres et c'est davantage, le désir d'autrui qui a orienté le sens de ma vie. Je n'ai pas choisi, j'ai été choisie. Je me suis autorisée à prendre le chemin créatif parce qu'on me l'a permis et qu'on m'a invitée à le faire, j'étais selon mes interlocuteurs et amis, conçue pour ça.

Toute petite déjà, les voies du ciel étaient impénétrables. On ne m'a jamais vendu l'idée que mon père avait rejoint un autre monde et qu'il veillait sur moi, papa est en haut n'a jamais résonné en moi au sens propre comme au sens figuré, maman était en bas et ça m'allait bien. Nous étions de confession juive et nous ne devions le confesser qu'au plus petit nombre, sujet tabou et potentiellement dangereux et si minoritaire dans cette France des années soixante davantage influencée par un maréchal dans les logis même si c'était à l'époque, un général qui présidait à la destinée du pays, j'étais heureuse de faire partie de cette minorité silencieuse et à chaque repas de fête, c'était l'occasion de renouer avec l'histoire du peuple auquel j'appartenais. Pourtant, notre judaïsme était plus folklorique que fervent, je n'ai jamais su si ma mère avait la foi ou pas. Elle s'est inscrite dans une tradition génétiquement transmissible et nous l'a redistribué à son tour. Et puis, j'ai compris assez tôt que parfois ce n' était pas dieu le problème mais ceux qui m'en ont parlé ou ceux qui étaient censés le représenter, des rabbins peu scrupuleux et trop intéressés par des émoluments financiers pour accorder leurs services jamais gratuits , même pour des cérémonies funéraires, leur piété avait un coût et ils n'ont pas su trouver les mots pour réconforter la petite fille désemparée que j'étais et ont fait de moi, une réfractaire à jamais d'un clergé mercantile et cynique. Une logique de guerre du tout s'achète et tout se vend qui ne rentrait pas dans les cases de mon logiciel d'ado pure et dure.

En définitive, j'ai fait une réaction violente à ce malheur incommensurable et en perdant ma mère, c'est Dieu que j'ai perdu en route. Tout au long de mon parcours, alors que j'ai accompagné des personnes que j'aimais jusqu'à la fin de leurs jours, jamais Dieu n'a été sollicité voire espéré par elles. C'est le grand absent et à aucun moment, je n'ai eu recours à ses services virtuels pour inverser le sens de l'histoire et pour qu'il daigne leur accorder un répit, un sursis, une chance de s'en sortir. L'heure était grave et je n'imaginais pas qu'il puisse intervenir d'une manière ou d'une autre d''ailleurs, ma mère se morfondait de devoir m'abandonner alors qu'elle n'avait pas fini le travail car j'étais encore une enfant. Mon mari est parti, inquiet de me livrer au monde seule et sans appui. Oui comme j'aurais apprécié d'espérer en une vie extra organique, savoir qu'ils continueraient leur chemin hors sol malgré la mort. Mais non, la certitude qu'ils s'étaient envolés à jamais a toujours primé sur des chimères que certaines de mes connaissances ont pourtant essayé de contredire. Ils ont osé raconter qu'ils avaient vu Philippe, le jour de ses obsèques trônant sur son cercueil, allègre, le sourire aux lèvres, heureux d'être là et affichant la plus grande décontraction, ils ont même poussé leur récit en affirmant qu'il portait son pantalon rose, c'est vrai qu'il était habillé ainsi mais à travers les photos que j'avais choisies et qu'on a diffusées sur l'écran dans la chapelle mortuaire. Je dois avouer que ces déclarations m'ont perturbée d''ailleurs, mon cher et tendre aurait fustigé avec fougue et emphase ces divagations ésotériques à l'impact troublant et même dévastateur. Face au malheur, soit on perd la boussole mystique soit on rentre en symbiose avec des énergies diffuses et invisibles pour se sentir épaulé dans cette épreuve. J'appartiens à la première catégorie, aux sans Dieu comme il y a des sans dents, des compliqués d'esprit dont l'imagination est à mobilité réduite.

Ma souffrance est tenace et seule la mort est éternelle, alors, non je ne vais pas faire tourner les tables pour faire revenir, ceux qui ne reviendront que dans mes rêves. Dieu est mort et ce n'est pas moi qui l'ai tué.

Le mal est fait…

« Je préfère vivre avec des regrets qu'avec des rats morts », un constat dressé par Alain Chabat un mec pas si nul qu'il veut bien le dire. Une maïeutique profonde digne des plus émérites penseurs et que je prends volontiers à mon compte même si, finalement, je trace mon parcours sans laisser trop de casseroles ni d'empreintes carbone sur mon passage. Faire le bien pour constituer un barrage contre le mal, sur le papier, on forme tous ce vœu pieux, même si le mien, c'est de trouver le chemin le plus court pour me mettre au lit avec la conscience tranquille ; un « vœu pieu » au sens argotique du terme.

Mais la vie n'est pas comme dans les comédies musicales de Jacques Demy et de Michel Legrand, elle nous oblige à commettre des actes bien souvent à l'opposé de nos paroles et nous titille à la nuit venue pour nous empêcher de trouver le sommeil. Il existe un dicton d'un cynisme absolu qui atteste de la perfidie des humains, les promesses n'ont parait-il de valeur que pour ceux qui les croient ; en ce qui me concerne, j'ai toujours fait en sorte de tenir les miennes dans la mesure de mes possibles. Et je déplore ma naïveté légendaire qui m'a fait adhérer bêtement à celles formulées par des interlocuteurs pas toujours très fiables. Si on « se chantait » plutôt que de se parler, sans doute, se ferait-on moins mal ? A l'orée d'une nouvelle ère, dématérialisée, il nous restera l'art même si on perd la matière. « I have a dream », ça c'était hier et la doctrine anti ségrégationniste du père Martin Luther King qui en avait fait son slogan en fantasmant sur un monde meilleur. Mais aujourd'hui, on pense que noir c'est noir, et qu'il n'y a plus d'espoir de se mélanger. Que certains aient l'irrépressible envie de tout casser pour tout reconstruire, c'est humain mais je pense surtout que c'est irresponsable, ils distillent de mauvais messages et leur pessimisme est aussi contagieux que la tourista. Oui le mal a été fait dans d'innombrables domaines, et nous déblayons les ruines d'une civilisation qui a plein de choses à se reprocher mais si l'on se regarde avec de la haine, on court à notre perte. Longtemps, je me suis couchée tard pour conjurer les démons d'après minuit qui assaillaient mes idées plus sombres que l'ébène et j'ai pensé en finir avec moi et avec tous ceux qui ne m'ont pas porté l'amour que j'aurais apprécié retrouver dans leurs yeux, leurs gestes, leurs mots. Jamais, je n'ai supposé que mes déboires étaient uniquement dus à mon genre ou à ma religion mais simplement à ma personnalité.

J'appartiens trop à une tribu de boucs émissaires pour me vautrer sur le divan de l'idéologie ambiante du wokisme. Le mal a été fait, il est même en train de se faire et il se fera de manière inexorable, cependant on pourra toujours utiliser le correcteur pour mettre à jour, ses abus et ses dérives selon la grammaire et la grille de lecture qui régiront alors l'univers en s'appuyant impérativement sur des évènements avérés et vérifiés ; il est hors de question de réviser l'histoire ou même d'essayer d'effacer des périodes qui ne rentrent plus dans les cases de l'oncle temps. Il faut dénoncer sans relâche les coupables mais ne pas les rayer comme des mentions inutiles. Et les exactions commises sur des communautés ne sont pas propres à ceux qui sont concernés mais à nous tous. De plus, on n'est jamais responsable de la phobie qu'on provoque auprès d'esprits malades. L'antisémitisme n'est pas le problème des juifs mais c'est le problème des antisémites, idem pour le racisme. Je n'occulte pas le fait d'en être les victimes, mais la source de ce fléau appartient à ceux qui le colportent.

En cet instant pluvieux et plus vieille que jamais, je regarde derrière moi car devant se profile les promesses du crépuscule et de ces voies dont les issues de secours ont été obstruées par tous les collapsiologues de la terre… Nous sommes un dimanche à l'heure d'hiver, une heure de sommeil en plus et c'est une heure de jour en moins, les pages se tournent mais ne s'écrivent pas, je fais le guêt sans jumelles pour percevoir un sauveur mais je ne vois rien venir…Alors je me refais le film de ma life et je pense que le meilleur est désormais en dehors de moi et qu'il y a trop d'au revoir et pas assez de bonjour. Et que la solitude, même si elle me convient et me dispense des conflits, elle m'isole et me fait perdre le goût des autres. Le mal est fait et j'en porte une responsabilité, mea culpa, mais comme disait Cocteau, il est temps de se reposer de ne rien faire et cette vie de retraitée imposée ne m'attire pas, bien au contraire, elle attise ma rage d'être perdue pour le combat, finie la vie active, c'est donc la vie passive qui me tend ses bras mais non merci, je n'en veux pas. Désormais, il faut agir et ne pas se conformer aux dictats de la société car cette assignation à résidence en raison de mon âge ne correspond en rien à mes envies. J'ai pris le train, le bus, l'avion, le RER, la voiture pour ceux que j'aimais. J'ai pris des vestes de la part de ceux qui faisaient vibrer mon âme, j'ai baissé la garde et j'ai été touchée par des balles que je n'ai pas vues pointer sur moi. J'ai cru aux méchancetés qui ont été adressées à mon encontre et j'ai moins su apprécier les compliments que l'on a eu la gentillesse de me faire. J'ai dormi sur mes lauriers et j'ai laissé passer mon tour. On m'a mise sur la touche et je me suis laissé faire.

Lâcher prise pourquoi ? Trop de gens m'ont lâchée, alors s'il n'en reste qu'une, je me dois d'être celle-là. Tant que la lumière brillera dans les yeux de ceux qui m'écoutent, tant qu'il y aura des hommes, des femmes et des enfants qui voudront partager des instants avec moi, je serai là, fidèle au rendez-vous pour continuer contrainte et forcée de tenir la rampe sans baisser les bras ni courber l'échine devant l'adversité. Tandis que ma famille se désagrège et que la maladie s'abat sur nous, il faut quoiqu'il m'en coûte, prendre ma part de ce gâteau amer.

Alors que l'on m'a appelée pour venir visiter mon frère annoncé mourant et mis en coma artificiel, je m'y suis rendue, la peur au ventre, le cœur à l'envers et les larmes qui coulent toutes seules, émanant d'un chagrin que je ne soupçonnais pas.

Miracle, on l'a sorti de ce sommeil usurpé et il rouvre les yeux sur ce monde qu'il a failli quitter sans que je puisse le revoir vivant. Il est lucide et il souffre atrocement, intubé et fâché d'avoir été sauvé des limbes dans lesquelles il avait été plongé sans espoir de retour. Lui, le grand frère que j'ai rejeté le temps du deuil de mon mari, voilà que l'on se retrouve dans une chambre d'hôpital éclairée d'un néon blafard dans laquelle des machines lui permettent de retrouver un second souffle. Le néant rôde mais la vie insiste et lutte pour ne pas céder aux sirènes de l'au-delà. Il ne peut pas parler mais il répond à mes questions par des regards qui en disent long et qui me confortent dans l'idée que j'ai bien fait d'être là à son chevet pour partager ce moment si particulier et d'une grande solennité. J'ai répondu présente à l'appel d'un affect en déshérence mais toujours ancré en moi.

Quatre ans d'abstinence affective sans contact et fâchés mais il semble à priori content de cette présence, en l'occurrence la mienne auprès de lui, il ne me demande pas de rebrousser chemin mais la joie et l'émotion réduisent sa respiration et l'appareil auquel il est relié, s'emballe tout à coup et affiche des chiffres hors norme qui mettent en danger sa survie. Les écrans de contrôle passent au rouge et déclenchent des alarmes sonores qui font froid dans le dos et glace le sang. Je ne voudrais en aucun cas être le motif de son décès alors je lui prends la main qu'il me serre aussitôt avec vigueur et quand l'infirmier arrive manu militari, la menace est passée, j'exprime ma volonté de calmer son émotion et je lui susurre que je suis heureuse d'être là.

Drôle d'endroit pour une rencontre, l'horloge a tourné au rythme de nos existences cabossées et suspendues, on a souffert lui comme moi, et pas pour les mêmes raisons ; victime d'un divorce douloureux, sa femme l'a quitté et ses enfants aussi. Il a cessé toute activité et s'est enfermé sur lui-même, dans son appartement situé à Fresnes, un triplex confortable et douillet que je ne connais toujours pas mais aussi un sanctuaire, une prison sans promenade dans lequel, il s'est évertué à fumer comme un pompier non pas pour éteindre l'incendie mais pour mettre le feu à ses poumons et en finir une fois pour toute avec l'existence. Mes sœurs et mes neveux ne l'ont pas abandonné à son triste sort car depuis, la mise à l'écart de sa progéniture, il a sombré dans un désarroi aux frontières du réel draguant la mort avec lourdeur sans faire semblant, sa fille et son fils ont été prévenus de la gravité de son état mais droits dans leurs bottes, ils ne se déplaceront pas pour voir l'homme qui les a, selon leur jugement sévère et peu objectif, très mal élevés. Je n'arrive pas à comprendre qu'ils ne décolèrent pas et que leur ressentiment abolisse toute empathie à l'égard de leur père qui se meurt. Ils rajoutent de la douleur à ma peine. Je commence à croire qu'ils ont pris fait et cause pour leur mère et me donnent la fâcheuse impression d'être sous son emprise totale, privés de tout discernement, sans doute, auraient-ils le sentiment de la trahir s'ils se rapprochaient trop de celui qu'elle a rejeté pour toujours et sans sommation au bout de vingt-cinq ans de vie commune.

Au milieu de ces querelles assassines, pour nous, le frère et la sœur ennemis d'hier, l'heure de la réconciliation a sonné, je fais table rase de nos passifs respectifs et j'aborde cette phase terminale avec le courage d'une huitre devant le jus de citron qui va l'assassiner. Mon taux de résistance atteint son niveau le plus bas et j'ai envie de crier Alain pour qu'il revienne à la vie. Le verdict des médecins est tombé, son incapacité respiratoire est irréversible et seul un masque pourra lui permettre de nettoyer son sang de cette putain de goudron qui a dissout ses bronches et alvéoles. C'est un traitement pour le soulager et ça ne pourra en aucun cas le guérir. Il s'est lui-même passé à tabac et il n'a plus la moindre autonomie ambulatoire.

Je ressens une tristesse écrasante, c'est une punition bien dure. Lorsqu'on est jeune, on ne réalise pas les risques que l'on inflige à nos corps. Addict et pas fier de l'être, il a tué ses poumons et la sentence est comme dans Koh Lanta irrévocable. Le prix à payer pour avoir fumé des cigarettes est excessif et les photos choc au dos des paquets n'est qu'un pale avertissement au vu de son état physique si dégradé qui s'enfonce comme emporté inéluctablement par des sables mouvants. Le mal est fait, alors, je vais m'efforcer de cesser de lui en rajouter. Je voudrais être juste quelqu'un de bien et si rien ne s'efface, il faut que les rancœurs passent…J'espère que ses enfants retrouveront vite le chemin le plus court pour rejoindre celui dont ils portent le nom. On ne peut pas toujours laisser du temps au temps, pour ma part, j'ai craint tellement de rater ce moment.

Un mal pour un bien, un mâle pour mon bien…

« Une journée perdue est une journée sans rire » affirmait Charlie Chaplin et d'ajouter ; « j'aime marcher sous la pluie parce que personne ne peut voir mes larmes ».

Je me retrouve tellement dans ces deux attitudes bien moins antagonistes qu'il n'y parait, entre deux moments, et les joies et les souffrances qui vont avec, on essaie de se construire et j'avoue ne pas toujours me sentir à la hauteur des peaux de banane déposées sur ma route alors il m'arrive parfois de glisser et de trébucher car je ne sais pas toujours les contourner ou me relever dignement et sans séquelles de ces chutes inévitables.

Cependant, je m'efforce sans cesse de mettre de l'humour dans mon vain chemin pour que les autres ne soient ni peu ou prou éclaboussés par mon désespoir. La formule populaire veut que ce soit un mal pour un bien mais Marguerite Duras résume parfaitement bien ce qu'il advient en cas de malheur ; « On croit que lorsqu' une chose finit, une autre recommence tout de suite, non entre les deux » constate-t-elle à juste titre, « c'est la pagaille ». L'empêchement de tourner rond et le bilan amer qu'il y a des situations où pas même quelqu'un ne va se porter volontaire pour répondre à nos appels de détresse. La chance nous présente son plus joli dos et on a beau y croire, au fond de nous, le doute corrompt notre foi en l'humanité et après la pluie vient le néant.

Seul l'amour et la manière d'en faire bon usage nous sauvera du précipice et s'il y a un endroit, mon terrain de prédilection par excellence c'est bien l'amour de soi dont il faut se pourvoir comme kit de survie pour la simple et bonne raison que je suis la personne avec laquelle, je vais passer le plus clair et le plus sombre de mon temps. On est forcément voué à sa cause et on ne peut sortir que de ses gonds et jamais de soi. Il n'y a pas de mal à ne pas vouloir s'en faire, c'est même recommandé par l'office freudien. Il faut s'accorder des pensées douces et se regarder avec la plus tendre des indulgences mais pour en arriver là, il aura fallu, la rencontre avec l'alter ego pour le comprendre et, sans hésiter, je peux le clamer de toutes les matières, c'est l'amour de l'autre que je préfère, n'avoir « Dieu » que pour celui qui va vous voir et vous jauger avec d'autres critères que les vôtres. Un homme a réussi la prouesse technique de me réconcilier avec celle que je détestais, celle qui m'enfermait dans ses névroses les plus obséquieuses et obsessionnelles, celle à qui je ne cessais de lui reprocher d'être le contraire de celle qu'elle aurait aimé être, cette énergumène pas très attirante, c'était moi et grâce à lui, ce mâle qui semble être né pour me faire du bien, j'ai accepté ma différence, mon étrangeté et surtout j'ai poussé les murs de mon esprit étriqué et replié sur lui-même et j'ai fait de la place pour deux. Décrocher le rôle principal dans cette belle et prodigue histoire représente le plus beau cadeau que la vie m'ait donné. « Le système nous veut triste et il nous faut arriver à être joyeux pour lui résister » oui Gilles

Deleuze n'avait pas tort et c'est au travers de mon port d'attache sentimental que j'ai pu mener ma barque et avoir la meilleure des motivations pour me lever le matin, tout simplement parce que je commençais chaque jour au bras de celui dont j'aimais être aimée.

Et ce fut un oui pour un nom, l'union de deux flammes jumelles et un long apprentissage du « je- nous » pour traverser les mornes plaines de l'habitude et malgré les cailloux dans la chaussure inhérentes au couple qui empêchent de courir mais pas de marcher, j'ai touché mon cœur et je l'ai entendu battre enfin pour quelqu'un. J'ai fait tellement de concessions que j'aurais pu vendre des voitures mais le quoiqu'il m'en a couté valait ces petits arrangements entre amants. Il n'y a pas qu'en Asie qu'on est bridés et le domicile conjugal est le lieu du crime de soi au profit de l'entité amoureuse mais quelle jouissance de devenir l'objet de toutes les attentions et des convoitises et de n'être préoccupée que du sort de celui qu'on supporte en son âme et conscience.

J'avais tendance à me moquer, des comédies romantiques, des surnoms qu'on se trouve pour s'adresser à l'être adulé. En transit sentimental, on devient un état dans l'état, une forteresse avec les ponts-levis très souvent relevés et même si on a besoin des autres, on en a moins envie, comme cette fusion m'a construite, je savais enfin et pourquoi, j'étais apparue sur terre et j'ai croisé un prince et il est devenu mon roi. Au service de sa majesté, soumise à ses volontés, je suis comblée d'avoir vécu mon rêve éveillé et lorsque le cauchemar s'invitait, l'important c'était de vibrer selon les lois de sa pesanteur et souffrir par lui n'était pas souffrir.

Lui, mon toréador a fait ses adieux à l'arène, il a quitté ce monde mais il hante mes souvenirs.

Sa personne a disparu des écrans radar mais ma passion reste intacte, il y a des amours heureux, il a été un mâle pour mon bien et quand j'ai la mémoire qui planche, c'est son visage qui revient comme le refrain préféré de mon existence. Au revoir Philippe et comme le temps passe vide sans lui…

Table des matières

Intention(s) 7
Le mal d'aimer 9
Le Mal de mère 17
Le mal des autres 23
Le mal de vivre 31
Le Mal dedans (de dents) 37
Le mal des mots 43
Le mal du temps 47
Le mal de Dieu 53
Le mal est fait… 59
Un mal pour un bien, un mâle pour mon bien… 67